Les étoiles
ne brillent pas ce soir

Lena Massoni

Les étoiles ne brillent pas ce soir

Roman

LE LYS BLEU
ÉDITIONS

ISBN : 979-10-377-4863-8

À toi, Alex, ce livre est entièrement tien

Préface

Comme le disait St-Exupéry à travers « Le Petit Prince », les étoiles sont éclairées pour que chacun puisse un jour retrouver la sienne. Ces mots peuvent être interprétés de différentes façons, peuvent être façonnés de toutes les manières du monde en fonction de la situation dans laquelle chacun de nous est, ou a été.

Si nous partons du principe que chaque étoile est un être qui s'est envolé pour un voyage infini à travers l'univers, attendant d'être retrouvé par ses proches, alors, tu fais partie de l'étoile qui brille le plus, celle que je retrouverai en premier.

En revanche, si à l'inverse, d'en haut, tu nous vois et nous considères comme des étoiles, alors je suis tienne, entièrement tienne. Et chaque nuit, je prie pour que ce jour ne soit jamais arrivé, pour qu'il n'y ait eu que seulement 364 jours cette année, pour que ce livre n'ait jamais existé.

Mais avec le temps et du recul, je pense que les étoiles se sont alignées cette année-là, tu es parti car d'autres choses t'attendaient dans un monde sûrement meilleur que le nôtre, et j'espère de tout mon cœur que tu peux entendre tous mes maux, tous mes mots.

J'ai promis de ne pas verser de larmes, de ne plus verser une seule larme. On dit que, quand un être cher s'envole vers l'au-delà, les étoiles forment une allée afin de guider cette âme destinée à devenir une des leurs.

Lorsque tu es devenu cette lueur dans le ciel, que chaque soir à la fenêtre je pouvais distinguer la constellation de ton visage, que chaque soir à la fenêtre, je pouvais sentir ton souffle mélanger à la brise, il s'est passé comme une explosion en moi, quelque chose que même les mots ne peuvent pas d'écrire. Cet éclat m'a fait dériver, faisant de moi, à jamais, une étoile vagabonde.

Mais ne me faites pas croire que dans l'immensité de l'univers, il n'y a pas d'autres étoiles perdues, avec lesquelles je pourrai sans doute me raccrocher afin de créer une galaxie, la plus belle des galaxies, Andromède n'a qu'à bien se tenir.

Cela fait maintenant sept années, vingt-huit saisons, et quelques centaines de chansons d'artistes que tu aimais, qui se sont écoulés, et j'ai beau me creuser la tête, j'ai beau essayer de me souvenir, je cherche. Mais il me semble que…

Malheureusement, mon ange, depuis tant d'années, depuis tant de larmes. Depuis une infinitude de mots laissés, de chansons écoutées, de fêtes, de livres, de bons moments, mon amour, les étoiles ne brillaient pas ce soir-là.

Alex Rougeot

2014

08/12/2014 – 22h00. J'étais là, posée sur mon lit comme si c'était du sable. Je suis allongée, les bras sur mon ventre, les jambes droites. Mes yeux fixent le plafond et le ciel, la nuit est tombée. Les gouttes qu'il y avait à ma fenêtre sont en train de dégouliner jusqu'à ce qu'elles tombent et s'éclatent sur le sol déjà mouillé de ma tristesse. L'orage est passé. Ma musique m'explose les tympans et résonne dans ma tête. Il fait de plus en plus sombre. Je ferme les yeux un instant. Ton visage apparaît. Je me redresse brusquement et ouvre les yeux. Il faut que je sorte, j'étouffe. J'ouvre ma fenêtre. Des gouttes d'eau tombent sur mes joues, se mêlant aux perles salées qui inondaient maintenant mes yeux, me brouillant la vue. Il s'était remis à pleuvoir. Je suffoque, cherchant l'air qui pourrait me délivrer, cherchant ma bouée de sauvetage. Sauf que t'es pas là, t'es peut-être plus là. La pluie s'apaise, les étoiles apparaissent. Elles m'apparaissent comme des issues, mais elles sont si loin. Je n'ai pas la force en moi, je n'ai pas la force sans toi. J'veux retrouver tes bras.

15/12/2014

Les étoiles

ne brilleront

pas ce soir,

elles sont endeuillées.

2 1 / 1 2 / 2 0 1 4

FORMIDABLE ! Une éternité sans toi.

Et il me reste quoi à moi ? *Orage, orage et puis voilà.*

Le cœur bourré d'un amour trop vite consumé, la tête foutue, sacré bordel. J'en suis où ? Je ne sais pas. J'ai envie de tout, j'ai envie de nous, j'ai envie de toi. Mais toi. Toi, tu t'es cassé en un éclat, emportant tout avec toi.

Plus de mal que de peur, ouais.

Je souffre ? Non, faut être conscient pour ça. Et j'le suis pas non, j'le suis pas. Tout paraît loin. Je me pose des milliers de questions et t'es plus là pour y répondre.

AÏE.

Je sombre. *Je ne sais pas, je ne sais plus, y'a rien, y'a plus rien, t'es plus là, je n'ai plus rien.*

18/12/2014 - J'ai besoin de toi pour t'oublier, mais t'es plus là.

Alex, tu m'as laissée toute seule.

J'me reconnais pas, j'ai dû, j'ai dû partir avec toi.

06/01/2015 - Salut Alex. On devait se voir dans deux semaines.

Ouais, juste deux petites semaines. Mais ce jour restera à jamais dans ma tête.

Ton visage me hante, je te vois partout.
Ouais, t'es parti mais t'es partout.

Je deviens folle, je repense à tes yeux gris et tes cheveux bruns que j'adorais, ton rire hilarant, toutes les conneries qu'on a pu faire ensemble.

Trois mois, ouais, trois mois qu'on ne s'est pas vus. Trois mois que j'attends cette putain de date. Bah oui, je sais qu'elle n'arrivera plus cette date. Elle est même déjà passée maintenant.

Mais elle est arrivée sans toi.

T'es plus là.

T'auras vécu 15 merveilleuses années et moi pratiquement deux avec un meilleur ami qui s'est cassé.

Tu m'as laissée toute seule, putain.

J'ai compris ce que c'est la mort. La mort, c'est le passage du présent au passé.

Et à présent, tu fais partie du passé. Tu m'as appris que la vie c'est la mort.

Pourtant toi t'es mort, et c'est la vie.

08/01/2015 - Mais des fois tu me manques, et ça fait mal comme si je brûlais en enfer.

2015

15/02/2015 - *Ça fait deux mois, et moi j'ai froid, j'ai vraiment froid sans toi. Et le pire dans tout ça, c'est que j'ai froid là où ça ne se soigne pas.*

2 5 / 0 2 / 2 0 1 5

Ressentir un immense vide dans la
poitrine ne plus pouvoir respirer
vouloir crier sa peine mais n'arriver
qu'à gémir de désespoir les larmes ne
coulent pas en quantité je veux crier
mais je ne fais que me recroqueviller
sur moi-même en serrant contre ma poitrine
un de ses vieux pulls.

27/02/2015 - Se gratter les veines est devenu pour moi la seule issue possible.

28/02/2015 - Vivre est devenu tellement difficile.

16/03/2015 - 3 mois et 1 jour. Dans 10 jours c'est ton anniversaire, 16 ans mon cœur, 16 ans déjà…

26/04/2015 - J'ai recommencé à griffonner mes bras. C'est grave ?

12/06/2015 - Je suis désolée. C'est vrai, je m'excuse, d'être absente, de ne pas être réellement là. Je m'excuse de ne plus trop sourire et d'avoir le regard vide. Je ne vais juste pas bien. Il me manque, et cette envie de mourir m'insupporte, mais c'est une véritable tentation. Il me hante, aussi. Atrocement, même. Je revois ses rires et ses yeux pétillants de vie, sa bouche qui se tord délicieusement quand il me sourit. Je le revois qui m'embête, ou comment on se regardait. Je veux te retrouver. Tu m'as achevée, Alex. Je fais semblant mais ça me tue de vivre sans toi.

2016

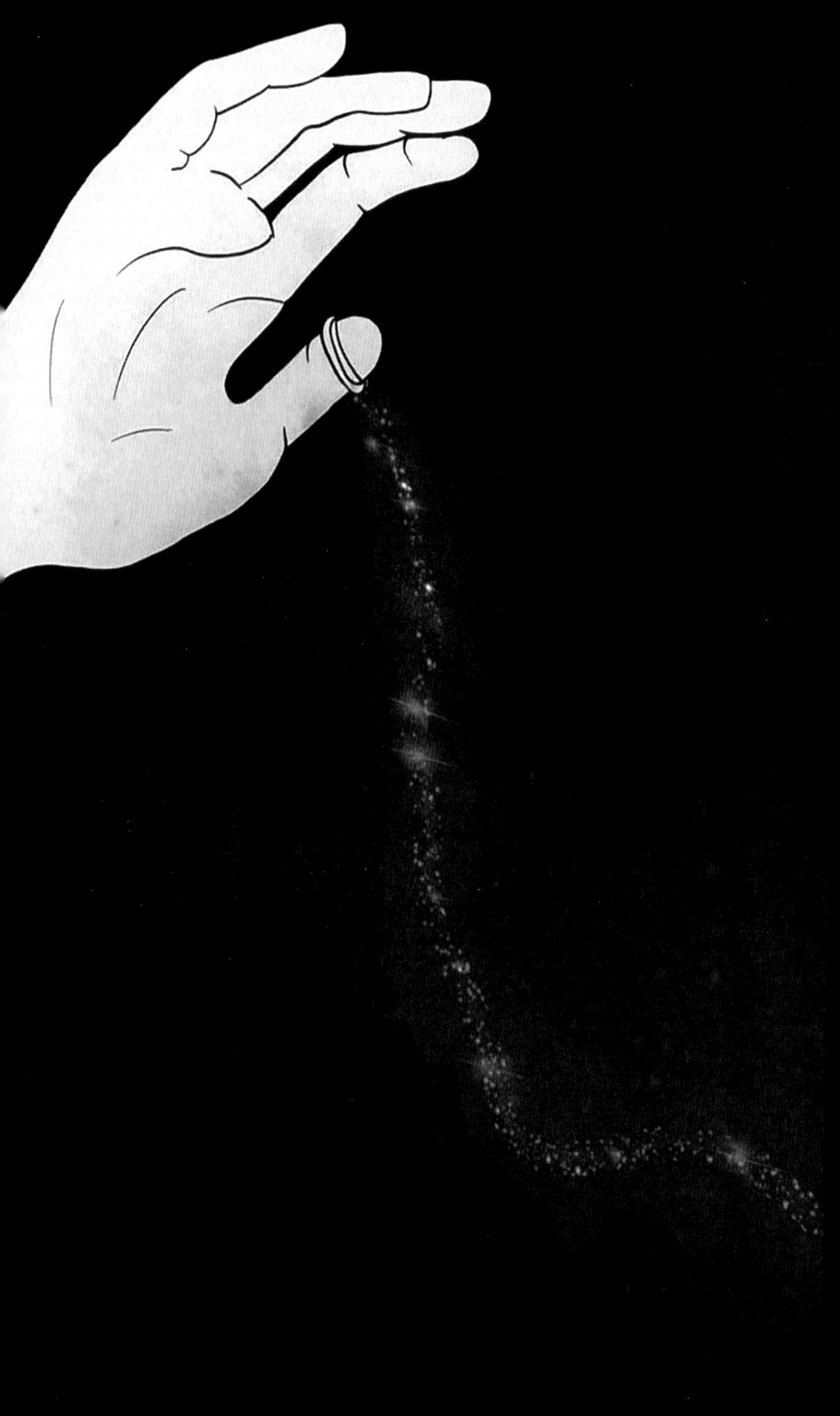

30/03/2016

ÇA FAIT LONGTEMPS.

J'AI CHANGÉ.

12/05/2016

Salut, Alex. J’ai fait une tentative de suicide.

J’ai tenté de te rejoindre…

22/05/2016 - J'en ai marre de cette pensée-là. Celle-là, tu sais, qui se présente comme un écho plus que contraignant et qui ne te lâche jamais, sans arrêt.

La tentation est forte.

Qu'est-ce qu'il me reste à faire dans ce monde ?
Rien, il ne me reste plus rien, puisque t'es parti.

Tu m'as laissée seule putain.

Maintenant, cette pensée ne me quittera plus tant que je ne t'aurai pas rejoint, et cette envie se répercutera chaque seconde dans ma tête,

de plus en plus forte.

Elle devient assourdissante et ne me lâche plus.
Elle me rend dingue.

C'est dommage, c'est juste dommage.

Mais je m'en fous, plus rien ne me raccroche à la vie.

Pourquoi rester dans un monde où je n'ai plus ma place ?
Pourquoi resterais-je dans un monde où tu n'existerais plus ?

Mon monde n'existe plus sans toi, il est fini en fumée.

19/06/2016 - Oh Alex, ma vie. Je comprends que tu nous aies quittés. Tu verrais les atrocités qu'on doit subir, c'est de la folie. J'aurais dû, j'aurais dû partir avec toi.

Pourquoi t'es plus là ? Hein dis-moi, pourquoi ? Donne-moi des raisons, je ne sais pas, pourquoi t'es parti comme ça ?

Je sombre moi sans toi. Je ne ris pas moi, sans toi. Je ne vis pas moi, sans toi. Je peine à survivre moi, sans toi.

Mais t'es plus là.

2 6 / 0 6 / 2 0 1 6

Ce gars lui ressemble tellement. Putain. Il s'appelle Alex aussi, putain. C'est réel ? C'est lui ? Il m'aurait sûrement reconnue si c'était lui. Je deviens folle.

Dis, Alex, c'est bien toi ?

Dis-moi que c'est toi. C'est dur sans toi. C'est long sans toi. Je n'arrête pas de le regarder. Dis Alex, c'est toi ? Dis-moi que c'est toi, dis-moi que t'es là, dis-moi que tu ne partiras pas, que tu ne me laisseras plus jamais.
Il y a cette musique qui bourdonne dans mes oreilles, il fait pratiquement nuit, mes yeux s'accordent à la pénombre. Il fait un peu frais. J'ai froid moi, sans toi. Reviens, reviens, je t'en supplie. Il vient de repasser devant moi. Bordel, on dirait vraiment toi. Tu me hantes. Je suis pratiquement sûre que c'est toi, mais il y a encore une infime partie de moi qui me dit : « **Non, Lé, tu ne comprends pas. Il ne reviendra pas, plus jamais.** » Je deviens folle.

28/06/2016 - Mon cœur se serre quand je pense à toi, est-ce normal d'aimer quelqu'un qui n'est plus là ?

05/07/2016 – Salut, Alex. Tu me manques, c'est dingue, c'est tragique, ça pue la merde, l'insécurité, le manque maladif, la maladie ouais. Ça pue le tabac, la drogue, toutes ces conneries qui me détruisent mais qui ne me détruiront jamais autant que ton souvenir. C'est fatidique, c'est horrible, c'est terrifiant. Tu m'as sortie du vide pour me faire rejoindre le néant.

08/07/2016

Je suis à l'arrière de la voiture, renfermée sur moi-même, collée à la fenêtre, me laissant un bout d'air pour respirer.

Personne ne voit que je vais mal.

Personne ne voit la fatigue et le désespoir dans mes yeux.

Personne ne comprend et personne ne cherche à comprendre.

Seule à l'arrière de cette voiture,

mon esprit se vide.

C'est comme si les feuilles tombaient

pour laisser place à des grosses branches,

comme si on retirait le voile

pour laisser place à un tableau,

comme une révélation,

il ne reste plus que lui.

Il fallait s'y attendre.

Je n'ai plus la force de me battre.

Je laisse l'espoir monter, je laisse les questions s'emmêler, je laisse mes larmes couler, je n'ai plus la force de rien.

Je me laisse croire qu'il reviendra.

Je me laisse croire à une vie meilleure, je me laisse penser aux jours heureux, au doux souvenir de ces anciens jours, je me laisse imaginer sentir son parfum, entendre son rire, passer ma main sur sa peau.

Je me laisse me défoncer, me faire du mal. J'imagine qu'il me voit parmi les gens heureux, qu'il me détecte comme mes yeux le faisaient en permanence pour lui, qu'il m'adresse un de ces regards qui restera gravé dans ma mémoire.

Il me manque atrocement.

2 8 / 0 8 / 2 0 1 6

Salut, Alex. Parfois j'hésite à le dire j'en ai peur. Je ne veux pas, je ne veux pas me l'avouer. J'ai replongé. Je ne vais pas bien. Je ne vais pas bien putain ! *J'vais pas bien, j'vais pas bien, j'vais pas bien.* Je n'arrive pas à vivre, j'arrive plus. Tu me manques atrocement Alex, si tu savais…

Aujourd'hui, ça fait un an et 8 mois que t'as eu ton accident. Un an et 8 mois que ma vie est devenue un gigantesque foutoir, je suis cernée par des falaises et je n'ai rien pour me raccrocher à la vie. C'est tellement naïf, tu ne crois pas ?

Un être humain qui s'éteint

Ce n'est pas un mortel qui finit

C'est un immortel qui commence

C'est pourquoi, en laissant un être cher

À la terre accueillante où il dormira

Doucement à côté des siens

En attendant d'aller le rejoindre

Nous ne lui disons pas Adieu

Nous lui disons « à bientôt »

Car la douleur qui nous serre le cœur

Raffermit à chacun de ses battements

Notre certitude qu'il est impossible d'autant aimer un être

Et de le perdre pour toujours

Ceux que nous avons aimés et que nous avons perdus

Ne sont plus où ils étaient

Mais ils sont toujours et partout où nous sommes

Cela s'appelle d'un beau mot plein de poésie et de tendresse :

Le Souvenir !

Doris Lussier

23/11/2016 - Salut Alex. Je ne vais pas bien. Je ne sais pas, je ne sais même pas pourquoi je t'en parle. Mais voilà, c'est comme ça, je ne vais pas bien en ce moment.

Tu me manques, tu me manques ! Tu ne peux même pas savoir à quel point.

Bientôt, ça fera 2 ans que t'es parti. Que tu m'as laissée seule. Et c'est dur, ouais c'est dur.

Tu m'as laissée seule putain !

J'en ai marre j'en ai marre j'en ai marre j'en ai marre.

Tu me manques trop, **beaucoup trop**.

Je me souviens d'une fois. J'avais reçu un message de toi sur Skyblog, ce vieux truc que maintenant, personne n'utilise. Un « salut », tout ce qu'il y a de plus banal et simple. Je ne te connaissais pas, t'étais pas d'ici.

On a parlé,

énormément,

longtemps.

Tu m'avais, en l'espace d'une soirée, redonné le sourire que j'avais perdu.

Et je ne sais pas pourquoi, mais j'ai tout de suite accroché.

Tu étais ce genre de personne exceptionnelle qu'on ne rencontre probablement qu'une seule fois dans sa vie.

Et j'étais tellement joyeuse, c'était dingue, je souriais comme une débile, alors que je te connaissais à peine.

On a appris à se connaître, tu m'as réappris à sourire sincèrement.

Alors que je n'aimais plus la vie, tu m'as fait revivre, tu m'as redonné goût à la vie.

Je suis redevenue vivante avec toi.

Et un jour, t'étais là, à m'attendre devant le collège, et je n'avais jamais ressenti ça, cette sensation de boule au ventre. Ce n'était pas des papillons, non, c'était plutôt des couteaux volants à ébullition ouais. Et on est restés longtemps ensemble, à rire, à parler de tout et de rien. Et je crois…

Je suis sûre même qu'à cet instant, j'étais heureuse.

On s'est vus de plus en plus souvent, tu me rendais heureuse.

Et puis tout s'est arrêté, d'un coup.

On s'est disputés, tu ne voulais plus que je fume. Des futilités, sachant que tu fumais aussi. Tu allais au McDo avec tes potes, tu m'avais dit.

Je n'ai pas eu de nouvelles depuis.

Plus aucune conversation.

C'est chaud, de se dire que tes derniers mots pour moi auront été « ouais, c'est ça, salut ».

Et puis j'ai reçu un message.

On était en espagnol, j'étais souriante, la classe foutait le bordel et rendait dingue le prof. J'ai simplement regardé l'heure.

Puis le message.

Je n'y croyais pas au début, non, ça ne pouvait pas être possible.

Pas toi, tout mais pas toi.

Je n'avais plus de nouvelles, et j'ai fini par y croire. Ça m'a achevée.

Je n'ai pas pleuré, je sais, j'aurais dû, apparemment.

Je n'arrivais juste plus à vivre.

Je n'avais plus aucune raison.

Je n'ai pas pu aller à ton enterrement. Je n'avais pas la force d'accepter ton départ. Et ça me tue de me dire que je n'entendrai plus jamais ton rire, que je ne verrai plus jamais le coin de tes yeux se plisser quand tu me souriais. Que tu ne pourras plus jamais me raconter tes blagues de merde qui me remontaient le moral quand je me disputais avec ma mère, quand j'étais chez mon père, quand je me faisais harceler au collège.

Tu sais, en mai, j'aurais presque cru effleurer tes doigts. J'y croyais réellement. Mais ils m'ont fait revenir dans ce monde cruel, et je ne voulais pas. *Je voulais juste pouvoir te serrer à nouveau dans mes bras.*

12/12/2016 – Salut, Alex.

Ça fait un moment que je me dis que ça va passer, que je ne vais pas replonger.

J'ai ce vide à la place du cœur, je fume de **trop**, mon sourire force de **trop**.

L'autre jour, elle m'a demandé comment je faisais. Pour vivre sans toi. Je lui ai répondu :

« j'vis pas tu sais, je n'ai pas le choix alors j'survis ».

Elle m'a alors dit qu'elle m'admirait.

Pourquoi, dis-moi pourquoi elle m'admire ?

C'est vrai quoi, pourquoi admirer une petite fille triste et dépressive sur les bords, *qui fume un peu trop pour essayer de respirer*, qui se noie dans la solitude en allant vers les autres ? Pourquoi admirer une fille dont les cicatrices sur le corps résonnent comme un rappel ?

C'est un rappel constant tu sais, ça te rit au nez, t'empoisonne la vie et t'emprisonne jusqu'à ce qu'il ne reste que des cendres de ta personne.

Et puis pourquoi admirer une fille dont les rires sont faux et les sourires forcés ?

Vas-y, dis-moi.

Dis-moi pourquoi elle admire cette fille-là.

Parce que j'en ai marre tu sais. Ce soir, c'est la première fois depuis un bon bout de temps que je m'autorise à craquer.

Parce que ça fait 2 ans que t'as eu ton accident, que dans 3 jours, ça fera 2 ans que t'es parti, que tu m'as abandonnée.

Et je t'en veux tu sais, parce que tu m'as abîmée, et que j'aimerais pouvoir aimer à nouveau, aimer sincèrement.

Je suis en combat avec moi-même et mes démons, mes blessures. Reviens, Alex. Reviens et serre-moi dans tes bras.

2017

07/02/2017 - Je redeviens agoraphobe. Je redeviens comme avant, la petite fille qui en apparence paraissait heureuse et montrait que tout allait pour le mieux, mais qui se cachait derrière sa carapace. Je recommence à aimer le silence, à détester les endroits peuplés d'adolescents se racontant les dernières rumeurs autour d'une clope. Et puis… J'ai l'impression de ne pas être normale, de ne pas faire ce qu'il faut.

Clopes, pluie, insolence.

Je n'ai pas l'impression de me fondre dans la masse, j'ai l'impression d'être différente, comme inconnue. La société d'aujourd'hui est déplorable et destructrice.

Nudes, séduction, rap, passion.

Pleurs, soirées, solitude, pulsions, blâme et drames.

J'suis pas bien. Mon passé me rattrape et m'empêche d'avancer. D'être une adolescente normale. J'observe les étoiles. T'es l'une d'entre elles maintenant.

Manque, répression, dépression.

Mais je pense, ça doit être cool de cohabiter avec elles. Es-tu une de ces étoiles filantes ?

Exauce mon vœu.

S'il te plaît, reviens. Aide-moi à redevenir une adolescente normale, sans blessures. Je veux simplement te retrouver.

2 0 / 0 2 / 2 0 1 7

J'aimerais toucher le ciel et les étoiles

Sans me laisser tomber dans des abominations

Remplies d'impuretés.

Lorsqu'auparavant,

Je vagabondais dans les champs,

Je me laissais porter au Paradis,

Par de somptueux mirages en beauté.

Mais,

La nuit se penche au-dessus de mon être,

Elle laisse apparaître

Ces ténèbres qui m'enserrent

Elles attrapent mon âme,

Pourtant invincible et fière.

C'est amer,

Pendant les nuits d'hiver,

De rester

Près de son cœur qui palpite.

Je voudrais,

M'élever

M'effacer

M'évader

Au clair de la Lune,

Avec en compagnie la nuit,

Célèbre démon de ma vie.

Auteur inconnu

16/03/2017 – Salut, Alex. Ne m’en veux pas, je suis en train de tomber amoureuse.

Ne m’en veux pas si je t’oublie un peu, je pense que j’ai mérité un peu de répit, non ?

Je veux goûter au bonheur un petit peu, je veux profiter et je veux aimer Pierre. Je veux aimer. **Aimer de toutes mes forces.**

05/04/2017 – Salut, Alex.

J’avais besoin de te parler, j’ai besoin de me confier, et t’es la meilleure personne au monde pour m’écouter.

Aujourd’hui, un pote de Pierre a fait une crise cardiaque, et c’est Pierre qui a essayé de le ranimer.

Aujourd’hui, il est mort.

Tout le monde pleurait.

La mort était présente partout, et moi, j’assistais à ce putain de désastre.

Il était jeune, heureux, il avait des amis, une copine qui l’aimait.

Il était dans le même cas que toi.

J'entends les pleurs, j'entends la souffrance de ceux que j'aime, celle de celui qui m'a fait tomber amoureuse.

Et j'ai mal.

J'ai mal parce que, aujourd'hui, le monde s'est une seconde fois écroulé.

Et j'aimerais être là pour Pierre, lui dire que tout va bien, que ça va aller. Que le monde va bien, que le monde est beau, que la mort n'existe pas.

Mais c'est faux.

Et j'suis qu'une putain d'égoïste qui a fui,

c'était trop pour moi,

je ne voulais pas revivre ça.

Je suis égoïste parce que je ne peux pas être là pour lui, je ne peux pas lui dire que le monde est beau, que tout va bien.

Parce que moi aussi j'ai mal, parce que ce monde est faux, parce qu'il est cruel.

C’est de la merde, la mort est partout, elle détruit tout le monde.

Et je ne peux pas être là pour lui.

Parce que j’ai mal moi aussi,

parce que tu me manques,

parce que je suis égoïste.

Parce que ça fait aujourd’hui 2 ans, 3 mois et 21 jours que tu n’es plus là.

Je m’en veux tu sais.

Je m’en veux de ne pas avoir su réconforter celui que j’aime, d’avoir vu sa douleur et de ne pas avoir pu l’aider.

Et j’ai mal, tu me manques, j’ai mal mais t’es pas là. Je ne ferai pas la même erreur que toi, quitte à replonger, je serai là pour lui.

J’ai mal mais je serai là.

06/04/2017 - Salut Alex. C’est le deuxième jour. C’est dur d’aider tout le monde tout en essayant de s’aider soi-même, de ne pas replonger.

Je n'ai pas dormi cette nuit. J'ai pensé à toi.

Mes insomnies sont revenues.

Tu verrais ma tête !

Tu me manques tu sais.

C'est comme si j'étais retournée au point de départ. J'ai replongé, et je l'ai su à la seconde même où j'ai vu Pierre en pleurs, à cet instant où j'ai senti mon cœur se briser à nouveau.

Je crois que je ne suis pas assez forte pour ça.

Je me souviens de tout, je me souviens de nous.

Tu te souviens de la fois où on avait fait une bataille d'eau ? Tu étais trempé, et t'avais pris le train comme ça, c'était si drôle. Et la tête du contrôleur quand il t'avait vu rentrer dans le train comme ça ! Je n'en pouvais plus.

Je repense à tant de souvenirs, c'est fou.

Il y a un mois tout pile, j'avais cru que j'avais enfin fait mon deuil, que je t'avais enfin oublié.

Je crois qu'en fait non.

Il y a un mois, j'avais oublié, je rigolais, j'étais heureuse.

J'ai besoin d'aide Alex, j'ai besoin d'aide mais tu n'es pas là, tu n'es plus là.

Ça fait aujourd'hui 2 ans, 3 mois et 22 jours que je vis seule,

dans ma bulle.

Tu m'as laissée seule putain !

Et plus j'y pense, plus je sens mon cœur meurtri battre dans ma petite poitrine.

Je n'ai pas envie.

Je ne veux pas vivre sans toi, c'est trop dur.

La vie n'a plus de saveur sans toi.

Je ne peux pas, je ne veux pas.

Tu me manques et je ne peux rien faire.

Tu me manques et c'est la vie.

Tu me manques

et t'es mort

et je n'assume pas,

je ne veux pas me faire à l'idée.

Tu étais trop jeune, trop beau, trop heureux pour mourir.

Tu n'avais pas le droit, de me laisser seule comme ça.

Tu n'avais pas le droit de me faire vivre pour ensuite m'achever.

Tu n'avais pas le droit de me lâcher.

Et au fond, je sais que je t'en veux.

15/04/2017 - Salut Alex. Ça fait maintenant 2 ans et 4 mois que je t'ai perdu.

Tu me manques tu sais.

Aujourd'hui, ça fait un mois que je suis avec Pierre. Un mois pile.

Et je voulais te parler, parce que ça fait longtemps.

Parce qu'il y a un mois, je n'ai pas pensé à toi un 15. C'était la première fois que ça m'arrivait, et dans un sens, je crois qu'il m'a aidée à avancer par rapport à toi. J'espère que tu seras heureux pour moi.

Parce que je crois que je suis heureuse.

04/05/2017 - Salut Alex. J'ai commencé à écrire tout à l'heure mais je n'ai pas pu continuer, désolée si t'étais en train de lire au moment.

Encore aujourd'hui, quelqu'un est mort.

La mère d'une pote s'est suicidée. Et c'est horrible, tu ne peux pas imaginer. Imagine si c'était ma mère. Le lundi matin elle me dit « bisous ma chérie, à vendredi », et le vendredi, elle n'est plus là pour t'accueillir.

Je ne pourrais pas supporter, c'est la pire chose au monde. Et voir tout le monde pleurer encore, putain.

5 morts en 2 mois, et merde, pourquoi c'est comme ça ?

Ce n'est pas juste.

Je m'excuse de ne t'écrire que très peu.

J'ai perdu l'inspi, et puis j'en ai marre de répéter que tu me manques et que je ne vais pas bien. J'en ai marre de dire que je suis démolie, que je repasse en boucle nos moments dans ma tête.

Mais c'est comme ça, la dure vérité.

Tu me manques et je ne vais pas très bien, je repasse en boucle nos moments

et je suis démolie.

17/05/2017 - Salut Alex. Tu sais, j'étais tellement heureuse de les voir comme ça.

Mes amis réunis sous la pluie sur la piste de bicross, joint dans la main et rap plein la tête.

J'aime tellement, et je me rends compte qu'on s'est bien trouvés tous ensemble, c'est mon équipe, et même, ma famille.

Et je donnerai tout pour eux, pour *lui*, mon meilleur ami.

Ils m'ont fait prendre conscience du bonheur. Le bonheur, c'est de voir ces garçons qui sont devenus si importants, c'est de se rendre compte que ces moments sont éphémères mais qu'ils resteront des souvenirs précieux de notre jeunesse.

27/06/2017 - Le soleil se lève, je rentre. Tu sais Alex, je n'ai pas envie d'oublier l'été que je suis en train de vivre.

27/06/2017 - 00:54 - J'ai vu la Lune disparaître. C'est si beau, une éclipse, j'aurais aimé la voir avec toi.

12/08/2017 - J'entendais la guitare, je suis toujours sur la jetée. Celle où je t'avais promis de t'emmener un jour. Et je pense à toi. Je n'ai toujours pas fait mon deuil.

17/09/2017 - Salut Alex. Je sais, ça fait plus d'un mois que je ne t'ai pas parlé.

On est le 17 septembre 2017, incroyable hein ?

Tu te souviens, quand on disait que 2017, c'était loin et improbable, que c'était le futur lointain.

On est le 17 septembre, et je grelotte. La buée due au froid se mélange à la fumée de ma clope. Je regarde les étoiles en pensant à toi.

Une voiture passe.

Les lampadaires viennent de s'éteindre, il est minuit.

Dans quelques mois, ça fera 3 ans. 3 ans que je survis sans toi, 3 ans que tu es parti.

C'est un sacré bordel dans ma vie, et c'est dans ces moments-là que je pense à toi. Que je me remémore nos souvenirs. Une larme coule sur ma joue. Tu es… comme ces étoiles dans le ciel. Je te vois partout

dans le ciel, dans le vent, dans le regard des gens.

Et pareil à ces étoiles, je ne peux jamais t'atteindre. Et ça me tue.

Gabriel m'appelle. Mon monde s'illumine en même temps que mon écran de téléphone. Je vais mieux.

04/11/2017 - Salut Alex. Je n'aurais jamais pensé pouvoir aimer autant. Cette nuit, j'ai dormi dans ses bras. Cette nuit, je n'ai pas pensé à toi une seule fois. Je ne me suis pas réveillée une seule fois. C'est la première fois depuis 3 ans que je fais une nuit sans me réveiller, la première fois depuis 3 ans que je fais une nuit sans cauchemar. Pourtant j'ai peur parce que je ne devrais pas, je ne dois pas aimer mon meilleur ami de cette façon-là.

06/12/2017 - Salut Alex. Je n'étais pas censée t'écrire ce soir, mais j'en ressens le besoin. Aujourd'hui j'ai passé une journée de dingue. J'ai pleuré, j'ai eu peur, j'ai eu mal. Mais j'ai aussi crié à m'en casser la voix, j'ai dansé et ri jusqu'à ne plus pouvoir m'arrêter. Et je me suis rendu compte que je vivais. Je vis Alex. C'est beau non ? Ce soir, aujourd'hui, je me suis sentie vivante. Et t'aurais dû vivre ça, vivre ça avec moi.

07/12/2017 - *J'ai craqué devant Gab' quand il a parlé de toi.*

1 0 / 1 2 / 2 0 1 7

00h55

Les éléments se déchaînent autour de moi, le froid me brûle les joues, le vent et la pluie fouettent mon visage tandis que ma clope m'abîme les poumons. La musique résonne dans mes oreilles et j'apprécie. J'apprécie le moment présent, seule, pensant à toi alors que les étoiles ne brillent pas ce soir, à l'exception d'une seule : la tienne.

1 5 / 1 2 / 2 0 1 7

Salut Alex. Aujourd'hui ça fait 3 ans. 3 ans que t'es plus là. 3 ans que la Terre s'est arrêtée de tourner pour moi. C'est à cette date-là que mon monde s'est écroulé. T'étais celui que j'aimais, mon confident, mon meilleur ami, mon pilier, et aujourd'hui je me sens vide. Je… Je n'ai même pas les mots. Ce vide, que tu as laissé en moi il y a 3 ans, a pris le dessus aujourd'hui. Il ne me reste que nos souvenirs, ils tournent en boucle dans ma tête. Et tu me manques. Beaucoup trop. Parce que je vis, et pas toi. Pas toi. Pas toi putain. T'es simplement là à m'observer et ça me perturbe car t'es juste le spectateur de ma vie. Et tu sais, parfois je te vois, dans une flaque d'eau, au détour d'une ruelle ou bien dans le regard des gens.

Tu me hantes, Alex, et j'espère que je ne te déçois pas trop. Et un jour, je te promets, je serai moi aussi une étoile, brillant à tes côtés.

16/12/2017 – 1 h 24

Les étoiles brillaient comme jamais ce soir, Alex. J'ai ressenti le besoin de marcher, de sortir, de respirer.
Je m'étouffais encore un peu plus avec le joint d'herbe que je tenais entre les doigts, avançant vers les gradins du stade en face de la maison. D'ici, j'ai grimpé sur le toit et je me suis allongée.

J'ai regardé les étoiles et scruté chacune d'entre elles,

espérant croiser ton regard au détour d'une d'elles

espérant les apercevoir se relier entre elles pour dessiner les traits de ton visage

si familier et rassurant, le visage qui me hante

jour et nuit.

Tu me manques mon ange, reviens vite.

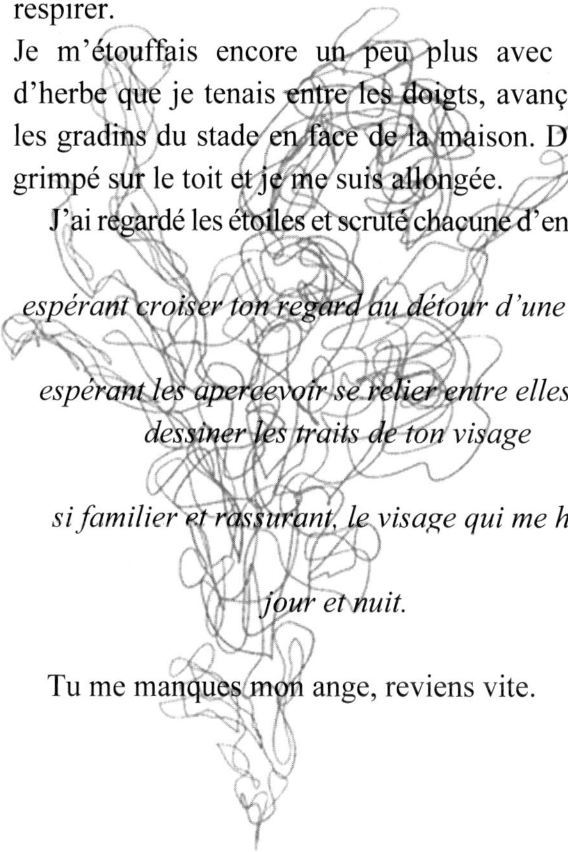

2018

19/02/2018 - Salut Alex. Ça fait longtemps. C'est le bordel dans ma vie, t'as dû le constater, de là-haut. En même temps, être amoureuse de son meilleur ami, c'est pas banal. Regarde ma relation avec lui, juste un instant. Des meilleurs amis ne sont pas aussi proches. Et je pense que je l'aime, depuis le début, que je me voile la face, depuis le début. Je ne me vois pas sans lui, et tout ce que je veux, c'est son bonheur. Et j'aime tant nos instants. Quand on rigole, quand on se bat comme des enfants, quand on s'appelle, quand on s'aime. Et jamais je ne pourrais le lâcher de moi-même, c'est inconcevable. Et malgré le fait que les autres nous avaient prévenus, je n'avais pas réalisé que je ne pourrais jamais aimer quelqu'un d'autre tant qu'il sera dans ma vie. Parce que je n'aimerai personne comme je l'aime lui. Mais je peux pas, tu comprends ? Je peux pas tout foutre en l'air à cause de mes débiles de sentiments. Je ne peux pas foutre en l'air une amitié comme celle-ci. Parce que c'est mon ange gardien. Parce que je ne peux pas risquer de le perdre. Je l'aime trop pour ça.

22/02/2018 - Salut Alex. Tout a changé, et j'ai perdu Gab' définitivement.

03/04/2018 - Mais un jour horrible tout s'écroule, un tsunami, une explosion. Il n'est plus là, il a disparu. Et moi je me retrouve comme le mec de ce tableau, j'ai mal, je sais qu'on me persécute, j'entends des voix qui m'obsèdent. Puis je me dis que bientôt tout ira mieux.

Que tout ça n'est qu'un cauchemar.

0 4 / 0 4 / 2 0 1 8

J'étais seule sur cette barrière et ma solitude comme seul témoin, et c'est à ce moment-là que je me suis rendu compte à quel point j'aimais le silence, avec toi à mes côtés, me regardant depuis les étoiles.

26/05/2018 - 00h45 - J'observe l'orage de ma chambre, les gouttes tombent et forment une rivière le long de ma fenêtre. Je vois un éclair, le tonnerre gronde. J'aime tant ce déchaînement des éléments. Ainsi, je suis coupée de ce monde en crise, à l'abri dans ma chambre, avec du XxxTentacion et un bouquin de Sartre, à la lueur de quelques bougies.

1 h 13

L'orage est passé, je peux à nouveau t'observer parmi les étoiles.

21/06/2018 - Tu vois cette sensation ? Celle d'avoir la musique à fond et de la ressentir, elle te transperce, elle t'inonde. C'est ce que je ressentais.

22/06/2018 - Est-ce que je pourrai encore aimer après lui ?

27/06/2018 - Je me rends compte que l'on n'a pas besoin des gens. Au final, la nuit, on est seuls dans nos pensées, sans personne.

1 4 / 0 7 / 2 0 1 8

Salut Alex. Les mots se font rares, je suis heureuse. Hier c'était la fête nationale, j'ai fait mon premier festival avec Marie, on est allées à la fête foraine, on a vu le feu d'artifice, au bord de la mer.

Et, Alex, on est champions du monde.

2 5 / 1 0 / 2 0 1 8

Salut Alex. Le froid me glace, l'hiver s'installe. Encore un hiver sans toi, et le 15 décembre s'approche à grands pas,

malheureusement.

ct toi tu me manques,

atrocement.

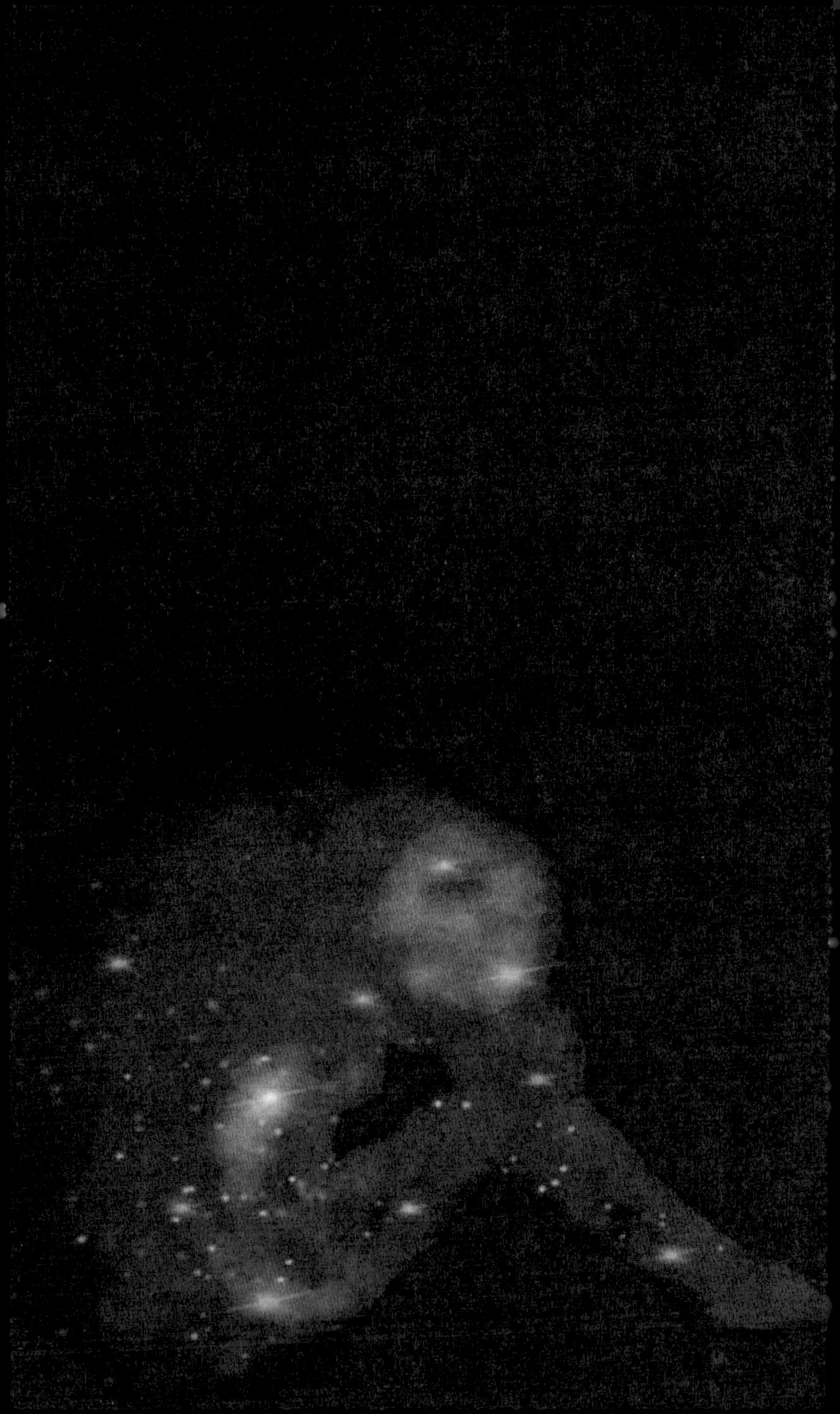

15/12/2018 - Salut Alex. Aujourd'hui ça fait 4 ans.

16/12/2018 - Salut Alex. Il est 23 h 30. Ça fait aujourd'hui 4 ans et un jour. 4 ans et un jour que tu m'as laissée.

Il y a 4 ans, à cet instant, j'étais dans cette chambre, pleurant en me remémorant nos souvenirs.

Maintenant, ils s'effacent de ma mémoire.

Et je ne sais pas ce qui me fait le plus mal : le fait que l'on ne puisse plus créer de nouveaux souvenirs ensemble, ou le fait que, peu à peu, j'oublie ceux existants ?

Tu me manques Alex. Mais plus comme avant.

Je me suis habituée à ton absence.

Je me suis habituée à la phrase « Salut Alex. Aujourd'hui ça fait x années et x jours ».

Je me suis habituée à te laisser des lettres, que tu lis peut-être de là-haut.

Guardian Angel de XxxTentacion est en train de passer.

Quelle curieuse coïncidence !

Je vais mieux.

Je n'ai pas fait mon deuil, mais je vais mieux.

Je ne t'oublierai pas, mais je vais mieux.
Je supporte de mieux en mieux ton absence. Cette blessure est devenue une partie de moi, que je contemple avec tristesse et nostalgie.

Les blessures se referment tôt ou tard, en fin de compte.

Vendredi, je boirai en ta faveur. Pour toutes les bières que j'ai pu boire en compagnie de ta silhouette qui me hantait.

Tu me hantes toujours.

Mais moins.

Parfois je te vois, assis sur mon lit. À lire mes Petites Bibles ou tes bouquins préférés de ma bibliothèque. À observer mes dessins.

Un jour, j'arriverai à te dessiner.

Je peindrai ton souvenir.

Quand, un jour, ton souvenir sera moins douloureux.

2019

2 7 / 0 7 / 2 0 1 9

J'aime quand les éléments se déchaînent autour de moi. L'orage gronde au loin et les éclairs traversent ce ciel où ne brille qu'une seule étoile. Sûrement la tienne d'ailleurs, mon étoile.

Les éléments se déchaînent autour de moi, la musique dans mes oreilles me transporte, la fumée de mon joint me téléporte.

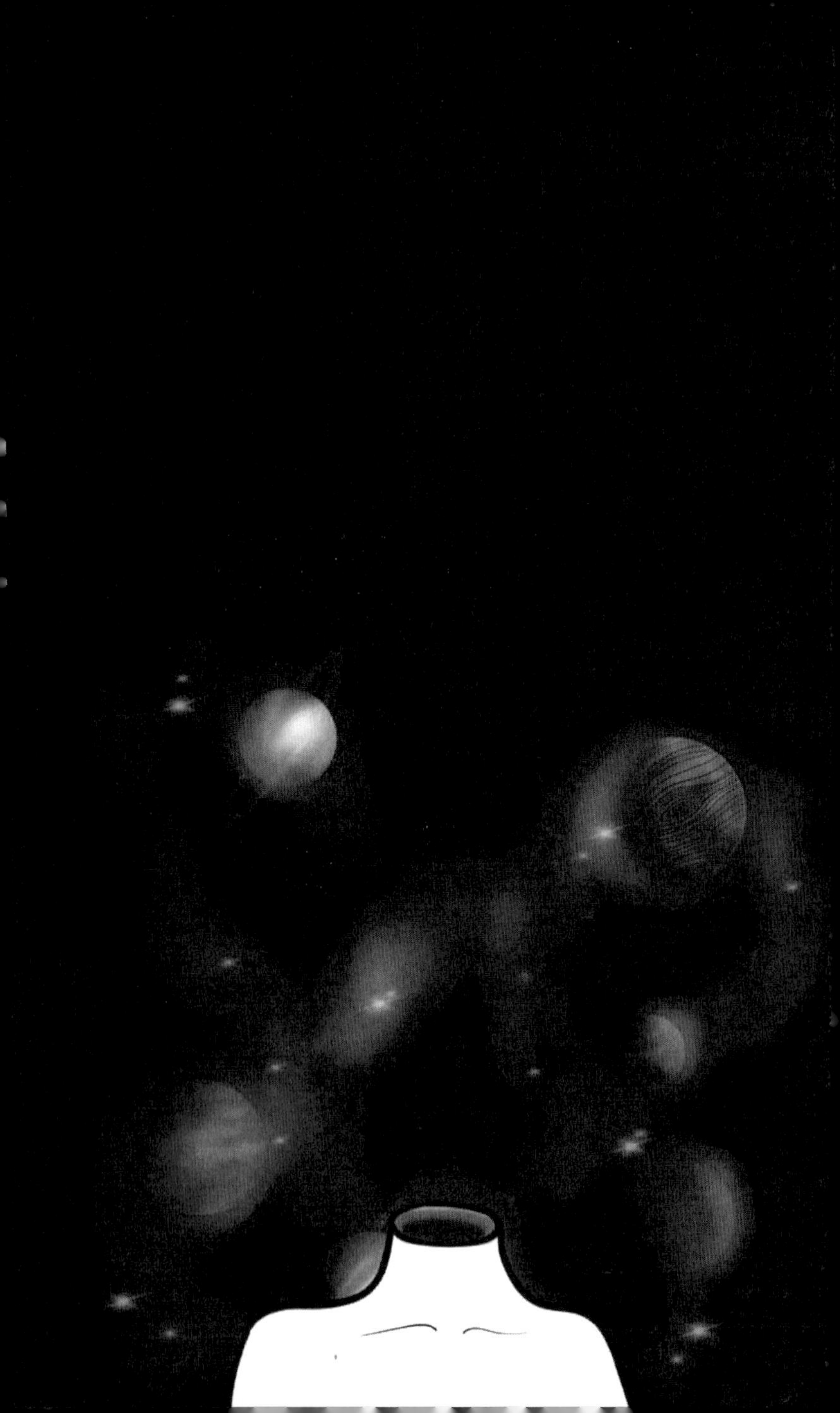

31/12/2019 - Salut Alex. Ça fait longtemps, pas vrai ?

J'ai lutté tu sais. Lutté pour t'écrire.

En vain.

Je ne t'ai pas écrit le 15 décembre. Je n'ai pratiquement pas pensé à toi.

Je mens, tu sais que je mens.

Tu sais que je fais semblant de ne pas avoir mal et d'avoir fait mon deuil et de t'avoir oublié. Mais non.

Il faut croire que je ne suis pas assez forte pour ça.

Tu me manques tant.

C'est triste sans toi, c'est froid sans toi.

J'enchaîne les histoires pour t'oublier, pour l'oublier lui aussi.

Les deux hommes de ma vie. Même si tu étais un gosse à l'époque.

Enfin ce n'est pas important.

Tu crois qu'un jour quelqu'un balayera les chaînes qui me retiennent à toi, à lui ? Il me manque autant que tu me manques.

Je sais qu'il te manque, à toi aussi.

J'ai encore rencontré un mec. Eh oui, je sais que tu es en train de me sermonner mentalement, je sais.

Il a les mêmes yeux que toi. Et ça me trouble beaucoup trop.

C'est peut-être pour ça que je n'arrive pas à réfléchir quand il me parle. J'ai l'impression que ton regard me transperce à travers ses yeux.

Comme si tu revivais.

Ça me fait du bien et pourtant ça me tue, je sens la solitude me brûler la peau, tu me fais du mal parce que tu n'es plus là.

Et ça me tue Alex, ça me tue.

On est aujourd'hui le 31 décembre 2019. Le dernier jour de la décennie.

J'aurais tant aimé que tu voies ça. 2020.

Ça me rappelle quand on rêvait à deux, tard la nuit, à regarder les étoiles. Parlant des années lumières qui nous séparent à présent, imaginant 2020 comme le futur qu'on nous promet dans les films.

On est arrivés à cette date, mais le film n'est toujours pas là. Toujours pas de voitures volantes.

Toujours pas de voiture tout court pour moi d'ailleurs, tu as dû bien rigoler de là-haut. Tu sais à quel point je déteste ça, je te le répète sans cesse.

J'ai encore plus de raisons depuis que tu n'es plus là.

Sache que notre monde est parti en couilles et que notre futur promis ne sera pas. Qu'au lieu de vivre dans notre rêve, tu ne vas pas vivre du tout, et que je vais devoir affronter une sixième année sans toi.

Déjà 5 ans. Tu t'en rends compte ? Tu aurais dû être là, à regarder des animes, jouer aux fléchettes et boire des bières avec moi.

C’est là qu’était ta place.

C’est là qu’est la place des gens de 20 ans.

Leur place n’est pas dans une tombe.

J’arrête ici, car mes idées noires refont surface plus que de raison, et je veux préserver ma santé mentale, pour une fois. Elle n’est pas très fiable en ce moment, alors autant la préserver, tu n’es pas d’accord ?

Alors pardonne-moi de ne te parler que très peu en ce moment, prends soin de moi.

Je t’aime.

2020

01/01/2020 - Bonne année, mon ange.

06/01/2020 - Il s'avère qu'il a beau avoir tes yeux, il ne sera jamais toi.

09/01/2020 - Je dois définitivement affronter mes vieux démons, pour aller mieux.

03/03/2020 - Salut Alex. Ça fait longtemps.

Ça allait, jusque-là. Je supportais ton absence, j'allais mieux.

Je suis dans une détresse émotionnelle sans précédent.

Enfin… Je fais un autre deuil

aussi difficile que le tien

aussi permanent que le tien.

Je suis en train de perdre l'audition.

Et ça fait mal, autant psychologiquement que physiquement.

1 7 / 0 6 / 2 0 2 0

Salut Alex. C’est la fin de nous. J’ai pris du recul, je vais mieux. J’ai compris qu’il fallait aller de l’avant pour vivre, car vivre du passé n’est pas une vie. Que pour aller mieux, il fallait aller de l’avant sans se retourner. Et que ceux laissés sur le chemin devaient rester là où ils se sont arrêtés, tels des enfants perdus. Seulement, malgré mon piètre sens de l’orientation, je ne me suis pas encore perdue. Je continue d’avancer. J’ai compris que la mort était triste, mais qu’elle faisait partie du chemin. Que si un enfant perdu s’arrête pour demander son chemin en vain, ça ne servait à rien de s’arrêter avec lui. Je fais partie de ceux-là. De ceux qui ne s’arrêteront plus, de ceux qui avancent sans jamais s’arrêter, jusqu’au bout du chemin. Peut-être qu’à la fin de celui-ci, on se retrouvera, dans notre rêve étoilé, plein de voitures volant au-dessus d’une mer éclairée par la Lune et les étoiles. Mais le bout du chemin est encore loin pour moi, et je ne veux pas être une enfant perdue.

Je veux avancer.

Je veux vivre.

Alors laisse-moi avancer pour deux, si tu le veux bien.

Ainsi, c’est la fin d’un **nous**, pour laisser place au début d’un **moi**. Et j’en suis heureuse.

Je t’aime, *jusqu’aux étoiles qui brillent ce soir.*

Imprimé en France
Achevé d'imprimer en janvier 2022
Dépôt légal : janvier 2022

Pour

Le Lys Bleu Éditions
40, rue du Louvre
75001 Paris